Bee Me

Siendo Bee

written by
Denise Zellmann

illustrated by
Seth Mallios

translated by Jose Manuel Cisneros

Published by Montezuma Publishing - Aztec Shops Ltd.

San Diego State University

San Diego, California 92182-1701

619-594-7552 / www.montezumapublishing.com

ISBN: 978-1-7269-0993-8

To our little seedlings, forever loving and growing.

And to our dearest Jim, on dandelions, keep blowing.

In a garden lived Bee, a bee quite spry!
Amid blossoms reaching for the sky.
Every day, he'd flit and roam,
Yes, Bee so loved his garden home.

En un jardín, vivía Bee, ¡una abeja tan ágil!
En medio de flores que alcanzaban el cielo.
Cada día volaba y zumbaba,
Sí, Bee amaba tanto su jardín.

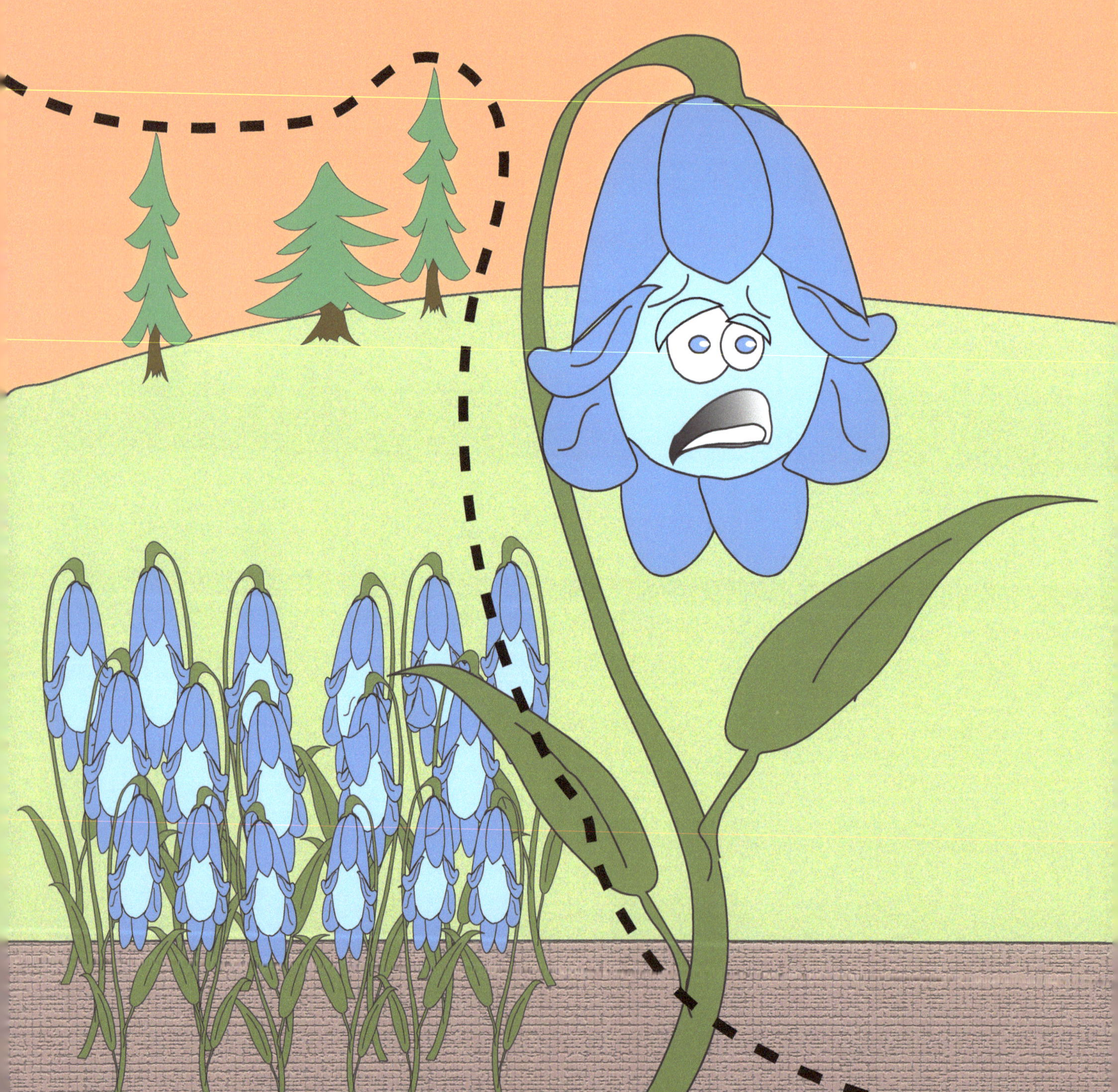

At dawn, to Bluebell, Bee took flight,
Her petals hung so small and light.
"Oh Bee," Bluebell would rue and fret,
Yearning to be much more, and yet...

Con el amanecer, hacia Bluebell, Bee emprendió su vuelo,
Sus pétalos colgaban tan pequeños y ligeros.
"Oh Bee," se lamentaría y preocuparía Bluebell,
Anhelando ser mucho más, y sin embargo...

But Bee assured, in a caring tone,
"Small you may feel, but you're not alone.
You're perfect, unique, just as you are."
Bluebell shone bright, like a guiding star.

Pero Bee, con cariño, aseguró,
"Puede que te sientas pequeña pero no estás sola.
Eres perfecta, única, tal como eres."
Bluebell brilló, cual estrella guía de mares.

In afternoon's glow, to Sunshine's side,
A sunflower tall, with petals wide.
"Ah Bee," said Sunshine, wishing for change,
Longing to swivel, to rearrange.

En el resplandor de la tarde, junto al Sunshine
se postró,
Un girasol alto, con pétalos anchos en derredor.
"Hay Bee," dijo Sunshine, deseando un cambio,
Anhelando girar y reorganizar.

Bee consoled, with words so kind,
"Since you feel awkward, I shall remind:
You are perfect, unique, just as you are,"
Sunshine gleamed, near and far.

Bee consoló, con sus suaves y gentiles palabras,
"Ya que te sientes incómoda, te recordaré;
Eres perfecta, única, tal como eres,"
Sunshine resplandeció, por doquier.

At dusk, to Rosa, Bee would dart,
A silky rose, yet feeling sharp.
"Oh, Bee," sighed Rosa, her words in a plea,
Desiring softness, more delicacy.

Al anochecer, hacia Rosa, Bee se dirigió,
Una rosa sedosa, pero sintiendose afilada.
"Oh, Bee," suspiró Rosa suplicante,
Deseando más suavidad y delicadeza.

But Bee replied, with comforting cue,
"Thorny you feel, but it's not true.
You're perfect, unique, just as you are,"
Rosa blushed, a brighter star.

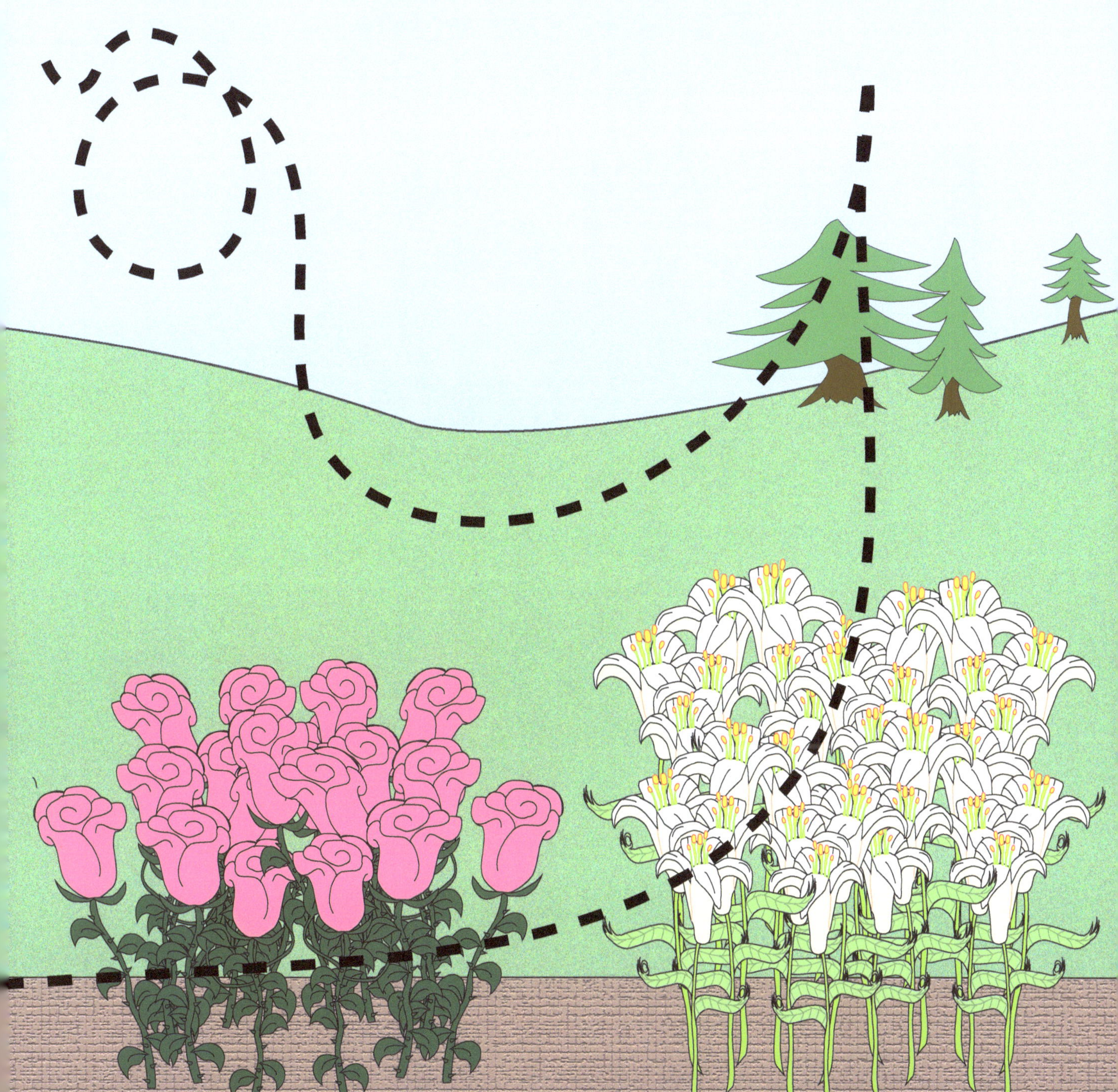

Pero Bee respondió, con una expresión
reconfortante,
"Te sientes espinosa, pero no es verdad.
Eres perfecta, única, tal como eres,"
Rosa se sonrojó, cual estrella radiante.

As Bee buzzed one day upon his route,
A graceful butterfly breezed about,
And danced amidst the blooms so fair
That Bee felt sadness and despair.

Otro día, mientras Bee zumbaba alrededor,
Una mariposa elegante se paseaba,
Y danzaba entre las flores tan bellas
Que Bee sintió tristeza y desconsuelo.

Poor Bee felt small; he was frizzing and fuzzing.
His wings paused, and his heart stopped buzzing.

¡Pobre Bee! también se sintió pequeño y rizado.
Sus alas se pausaron y su corazón dejó de zumbar.

The next day, to Bluebell, Bee slowly flew,
No smile, a frown. His wings askew.
"Today, I can only see my flaws,"
Confessed Bee, feelings true and raw.

Al día siguiente, hacia Bluebell, Bee voló
lentamente,
Sin soneir, con el ceño fruncido y sus alas
torcidas.
"Hoy, sólo veo mis defectos,"
Confesó Bee, con sentimientos verdaderos
e inmaduros.

Easter Lily, wise and grand,
Spoke softly then, across the land.
"Bee, it's true, you're not a flutter by,
But you are unique in the garden's sky."

Lirio de Pascua, flor sabia y grandiosa,
Habló suavemente, con su voz amorosa,
desde el otro lado de la tierra.
"Bee, es cierto, no eres una mariposa,
Pero eres único en el cielo de este jardín."

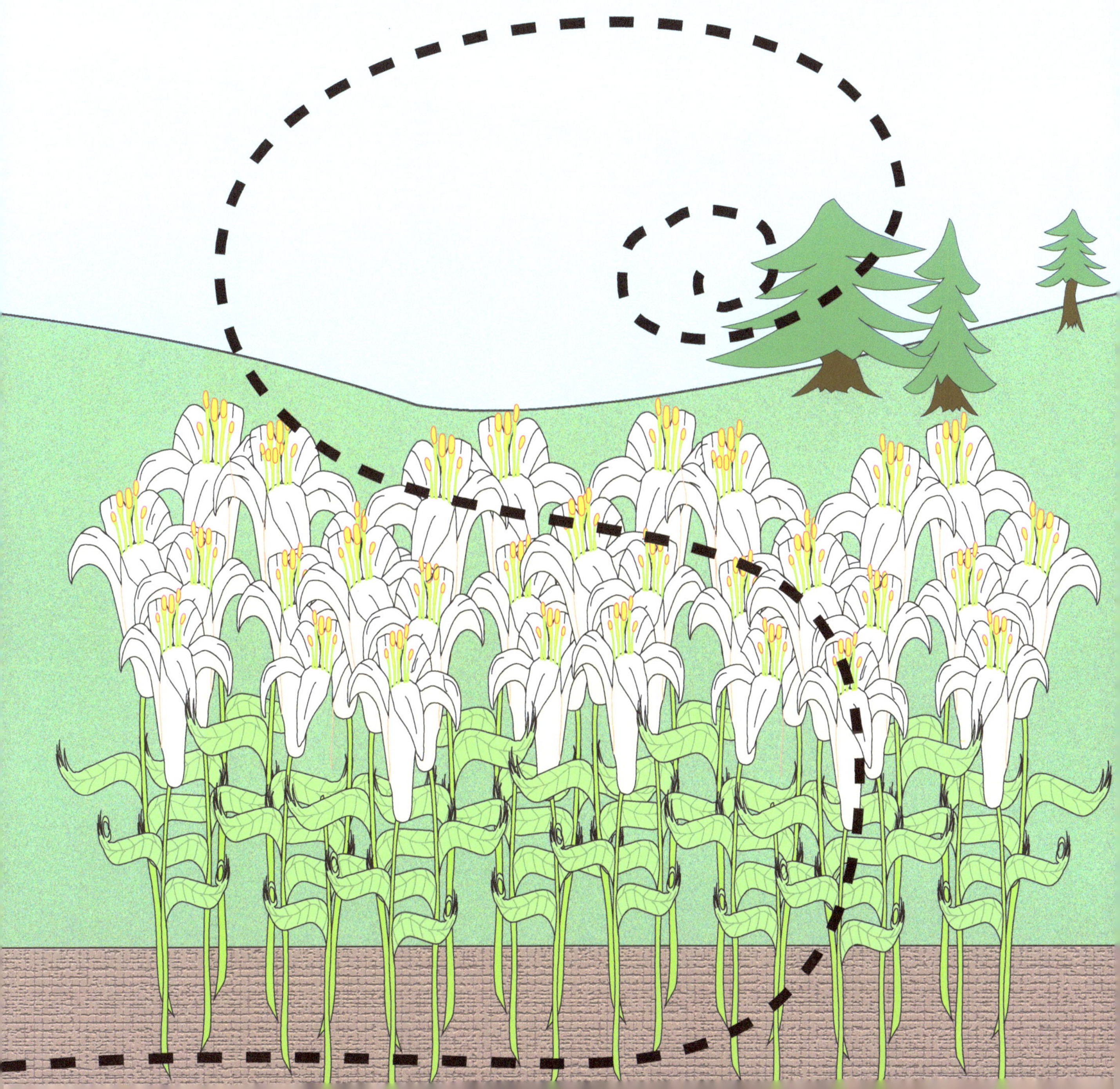

"Butterflies grace the flowers grand,
While you pollinate ones close at hand.
Your fuzzies share pollen high and low,
In every corner, to and fro."

"Las mariposas embellecen y adornan las flores
majestuosamente,
Mientras tú, Bee, polinizas a las que encuentras
a tu paso.
Tu pelusilla lleva el polen de aquí para allá,
A cada rincón, de un lado hacia el otro."

"You're vital, Bee, this truth holds tight,
To the garden's and the world's delight."
The garden blooms raised high and far,
Chanting, "Bee, you're perfect as you are!"

"Eres vital, Bee, esta verdad se mantiene
imperturbable,
Para el deleite del jardín y del mundo, eres
una dicha sublime."
El jardín se alzó majestuoso, extendiéndose
alto y lejos,
Cantando, "¡Bee, eres perfecto como eres!"

With joy, Bee soared up in the sky,
With wings abuzz and spirits high.
The garden knew, in that sweet hour,
Each was perfect, a unique flower.

Con toda la alegría, Bee se elevó en el cielo,
Con sus alas zumbando y su espíritu en lo alto.
El jardín supo, en esa dulce hora,
Que cada una flor es siempre única y perfecta.

JUST
JESUS
MOST FOLKS BEARLY SAW
LA MAYORIA DE LAS PERSONAS
SI ALCANSA A "BEAR"

Be
Solo
se Bee
OUR SECRET MESSAGE!
NUESTRO MENSAJE SECRETO